13 Mai 1912

VENTE
Du Lundi 13 Mai 1912
HOTEL DROUOT, SALLE Nº 11
A 2 HEURES

EXPOSITION PUBLIQUE
Le Dimanche 12 Mai 1912
DE 2 H. A 6 HEURES

ANCIENNES

FAIENCES ET PORCELAINES

BIJOUX, MONTRES, ORFÈVRERIE

Objets de Vitrine

GRAVURES, TABLEAUX

OBJETS DIVERS

Mᵉ **ROBERT BIGNON**
COMMISSAIRE-PRISEUR

M. CAILLOT
EXPERT

CATALOGUE

DES

Faïences et Porcelaines

ANCIENNES

DE

ALLEMAGNE, CASTELLI, DELFT, NIEDERWILLER
STRASBOURG, URBINO, CHINE, FRANKENTHAL, FURSTENBERG
HOECHST, SAXE, ETC.

BIJOUX — MONTRES — ORFÈVRERIE

OBJETS DE VITRINE

GRAVURES ET TABLEAUX

Objets divers

VITRINE

Le tout appartenant à Monsieur X.

DONT LA VENTE AUX ENCHÈRES PUBLIQUES AURA LIEU

HOTEL DROUOT, SALLE N° 11

LE LUNDI 13 MAI 1912

à deux heures

Mᶜ ROBERT BIGNON COMMISSAIRE-PRISEUR 41, rue de la Victoire	**M. CAILLOT** EXPERT 52, rue de la Victoire

EXPOSITION PUBLIQUE

Le Dimanche 12 Mai 1912, de 2 heures à 6 heures

CONDITIONS DE LA VENTE

Elle sera faite au comptant.

Les adjudicataires paieront *dix pour cent* en sus des enchères.

L'exposition mettant le public à même de se rendre compte de l'état et de la nature des objets, aucune réclamation ne sera admise une fois l'adjudication prononcée.

Paris. — Imp de l'Art, Ch. Berger, 41, rue de la Victoire.

DÉSIGNATION

FAIENCES ANCIENNES

1 — **Allemagne**. Plat rond, à bord contourné, en ancienne faïence allemande, décor polychrome de bouquets de fleurs.

Diam., 39 cent.

2 — **Allemagne**. Pot à tabac, avec couvercle étain, en ancien grès allemand, décor en relief de bustes et ornements divers.

3 — **Allemagne**. Petit groupe de deux personnages sur terrasse rocailleuse en ancienne faïence allemande, décor polychrome.

Haut., 165 millim.

4 — **Angleterre**. Assiette, à bord découpé, avec hachures vertes et marli ajouré en ancienne faïence, décor polychrome d'un bouquet de fleurs.

5 — **Castelli**. Plaque rectangulaire en ancienne faïence de Castelli, décor polychrome de six personnages.

Haut., 205 millim.; larg., 26 cent.

2

6 — **Delft**. Garniture de cinq pièces : trois potiches couvertes et deux cornets en ancienne faïence de Delft, décor camaïeu bleu de bouquets de fleurs et ornements en relief.

Haut. des potiches, 35 cent.; haut. des cornets, 27 cent.

7 — **Delft**. Bouteille en ancienne faïence de Delft, décor camaïeu bleu de bouquets de fleurs, rinceaux et ornements divers.

Haut., 35 cent.

8 — **Delft**. Cruche en ancienne faïence de Delft avec couvercle étain gravé, décor camaïeu bleu d'oiseaux et grands branchages de fleurs et feuillages.

9 — **Delft**. Plat rond en ancienne faïence de Delft, décor camaïeu bleu de personnages chinois dans un paysage et ornements divers.

Diam., 40 cent.

10 — **Delft**. Plat creux, à huit lobes, en ancienne faïence de Delft, décor camaïeu bleu de personnages chinois dans un paysage et ornements rayonnants.

Diam., 38 cent.

11 — **Delft**. Huit plats ronds en ancienne faïence de Delft polychrome de différents décors. (Seront divisés.)

12 — **Delft.** Cruche, à côtes tournantes, en ancienne faïence de Delft, décor bleu, rouge et vert d'un semis de fleurs et feuillages.

13 — **Delft.** Trois pièces : une potiche couverte et deux cornets, de forme octogonale, en ancienne faïence de Delft, décor bleu et vert d'un grand lambrequin et bouquets de fleurs.

14 — **Delft.** Paire de potiches couvertes, de forme octogonale, en ancienne faïence de Delft, décor camaïeu bleu d'un grand lambrequin avec quadrillés, branchages, oiseaux et ornements divers.

Haut., 42 cent.

15 — **Delft.** Assiette en ancienne faïence de Delft, décor polychrome : Portrait du Prince d'Orange, avec inscriptions.

16 — **Hispano-Mauresque.** Trois petits plats ronds en ancienne faïence hispano-mauresque, à reflets métalliques.

Diam., 20 cent.

17 — **Kiel.** Plat de forme oblongue, à bord contourné doré. Ancienne faïence de Kiel, décor polychrome de fleurs.

Long., 37 cent.

18 — **Marseille.** Petit plat de forme oblongue, à bord découpé, en ancienne faïence de Marseille. décor polychrome de bouquets de fleurs.

Long., 335 millim.

19 — **Niederwiller**. Grand plat rond à bord contourné. Ancienne faïence de Niederwiller, décor polychrome de bouquets de fleurs.

Diam., 41 cent.

20 — **Niederwiller**. Deux plats ovales à bord contourné doré. Ancienne faïence de Niederwiller, décor polychrome de bouquets de fleurs.

Long., 35 cent. et 32 cent.

21 — **Niederwiller**. Soupière, de forme ronde lobée, sur quatre pieds et son couvercle, avec bouton formé de légumes et feuillages en haut-relief. Ancienne faïence de Niederwiller, décor polychrome de bouquets de fleurs et hachures roses.

Haut., 24 cent.; diam., 27 cent

22 — **Niederwiller**. Plat rond, à bord contourné, en ancienne faïence, de Niederwiller, décor polychrome de bouquets de fleurs.

23 — **Niederwiller**. Verseuse en ancienne faïence de Niederwiller, décorée de paysages camaïeu rose.

24 — **Niederwiller**. Groupe de deux personnages sur terrasse rocailleuse : Paysanne assise sur un tronc d'arbre et chasseur galant tenant son fusil. Ancienne faïence de Niederwiller, décor polychrome et or.

Haut., 24 cent.

25 — **Strasbourg**. Ravier rond en ancienne faïence de Strasbourg, de *Joseph Hanong*, décor polychrome de bouquet de fleurs. Marque **Ḣ**.

Diam., 22 cent.

26 — **Strasbourg** Deux plaquettes en ancienne faïence de Strasbourg, décor polychrome de bouquets de fleurs.

20 cent. sur 165 millim.

27 — **Strasbourg**. Petit plat rond, à bord contourné, en ancienne faïence de Strasbourg, de *Joseph Hanong*, décor polychrome de bouquets de fleurs. Marque **Ḣ**.

Diam., 27 cent.

28 — **Strasbourg**. Grand plat, à bord contourné, en ancienne faïence de Strasbourg, de *Joseph Hanong*, décor polychrome de bouquet de fleurs.

Diam., 39 cent.

29 — **Strasbourg**. Deux assiettes, à bord contourné, en ancienne faïence de Strasbourg, de *Joseph Hanong*, décor polychrome : Personnage chinois et bouquet de fleurs. Marque **Ḣ** 39.

30 — **Strasbourg**. Quatre assiettes, à bord contourné, en ancienne faïence de Strasbourg, décor polychrome de bouquets de fleurs, de *Joseph Hanong*. Marque **Ḣ** $\frac{39}{90}$

31 — **Strasbourg**. Assiette creuse, à bord contourné,
en ancienne faïence de Strasbourg, de *Joseph
Hanong*, décor polychrome d'un gros œillet
au fond et trois petits bouquets sur le marli.
Marque Ĥ $\frac{39}{74}$

32 — **Strasbourg**. Assiette, à bord contourné, en
ancienne faïence de Strasbourg, décor polychrome de bouquets de fleurs.

33 — **Strasbourg**. Compotier, de forme ronde côtelée,
à bord dentelé, en ancienne faïence de Strasbourg, décor polychrome de bouquets de fleurs.

Diam., 255 millim.

34 — **Strasbourg**. Deux petites soupières, de forme
oblongue, avec anses ajourées et leurs cou-
vercles. Ancienne faïence de Strasbourg, décor
polychrome de bouquets de fleurs.

Long., 275 millim.

35 — **Strasbourg**. Singe en ancienne faïence de
Strasbourg, décor polychrome, de *Joseph
Hanong*.

36 — **Strasbourg**. Groupe de deux personnages assis
avec chien ; femme jouant de la mandoline et
paysan jouant de la clarinette. Ancienne faïence
de Strasbourg, décor polychrome.

Haut., 14 cent.; long., 18 cent.

37 — **Terre de Lorraine.** Petite figurine de ramo-
neur en ancienne terre de Lorraine, de Cyflé.

Haut., 15 cent.

38 — **Urbino.** Coupe ronde à bossages sur petit
piédouche en ancienne faïence d'Urbino, décor
polychrome en plein de trois personnages dans
un paysage.

Diam , 23 cent.

PORCELAINES

ANCIENNES

39 — **Chine.** Potiche sans couvercle en ancienne
porcelaine de Chine, décor polychrome de personnages dans un paysage avec balustrade et
ornements divers.

Haut., 25 cent.

40 — **Chine.** Sept assiettes en ancienne porcelaine de
la Chine, décors polychromes différents.

41 — **Chine.** Deux assiettes en ancienne porcelaine
de Chine, décor polychrome et or. Au fond, médaillon renfermant des oiseaux et arbustes fleu-
ris. Sur le marli, trois réserves avec paysages
camaïeu rose. reliées par des ornements blancs
en relief.

42 — **Chine.** Deux grands plats ronds, creux, en
ancienne porcelaine de Chine, décor polychrome
et or. Au fond, jardinière remplie de fleurs et
feuillages. Au pourtour, oiseaux, animaux chi-
mériques et bouquets de fleurs en bleu.

Diam., 38 cent.

43 — **Chine.** Grand plat rond en ancienne porcelaine
de Chine, décor polychrome. Au fond, très
grand médaillon renfermant un paysage avec
personnages, pagode et ornements divers. Au
marli, fleurs, feuillages et fruits.

Diam., 415 millim.

44 — **Chine.** Quatre plats ronds, dont trois petits et
un plus grand, en ancienne porcelaine de Chine,
décor polychrome. Au fond, médaillon de forme
octogonale contenant un vase rempli de fleurs
et ustensiles. Le marli est couvert d'un rinceau
de fleurs et feuillages noir sur fond jaune
clair, bouquets de fleurs et ornements divers.

Diam., 26 cent. et 32 cent.

45 — **Frankenthal.** Plat, de forme oblongue, à bord
contourné, marli à vannerie. Ancienne porcelaine de Frankenthal, décor d'amours, d'après
Boucher, en camaïeu rose.

Long., 40 cent.

46 — **Frankenthal.** Deux assiettes en ancienne porcelaine de Frankenthal, décor polychrome de
bouquets de fleurs. Marques de *Joseph Hanong*
et au lion.

47 — **Frankenthal**. Deux assiettes en ancienne porcelaine de Frankenthal, décor polychrome de bouquets de fleurs. Marques de *Paul Hanong* et au lion.

48 — **Frankenthal**. Assiette en ancienne porcelaine de Frankenthal. Sur le marli, bouquets de fleurs en relief. Au fond, décor polychrome de fleurs. Marques de *Joseph Hanong* et au lion.

49 — **Frankenthal**. Plat, de form' oblongue, à bord contourné ; le marli à vannerie. Ancienne porcelaine de Frankenthal. Au fond, paysage camaïeu vert. Sur le marli, bouquets de fleurs.

Long., 3; cent:

50 — **Frankenthal**. Vingt-quatre pièces : cafetière, théière, pot à crème, bol, cinq tasses à café et leurs soucoupes et cinq tasses à thé et leurs soucoupes en ancienne porcelaine de Frankenthal, décor polychrome et or de bouquets de fleurs.

51 — **Frankenthal**. Petite figurine en ancienne porcelaine de Frankenthal : Jeune fille tenant un pot de fleurs, décor polychrome.

Haut., 11 cent.

52 — **Frankenthal**. Groupe de trois moutons couchés. Ancienne porcelaine de Frankenthal, décor au naturel, de *Paul Hanong*.

Haut., 65 millim.; long., 135 millim.

53 — **Frankenthal.** Groupe d'un enfant donnant à
manger des fruits à une panthère, sur terrasse
carrée. Ancienne porcelaine de Frankenthal, de
Paul Hanong.

Haut., 185 millim.

54 — **Frankenthal.** Groupe de quatre enfants en
costume chinois et d'un amour voltigeant, avec
arbre au centre. Ancienne porcelaine de Frankenthal, de *Paul Hanong*, décor polychrome.

Haut., 225 millim.

55 — **Frankenthal.** Grande figurine : Jupiter et
l'aigle, sur terrasse formée de nuages. Ancienne porcelaine de Frankenthal, de *Paul Hanong*, décor polychrome. Marque au lion.

Haut., 245 millim.

56 — **Frankenthal.** Grande figurine : l'Afrique, sur
terrasse rocaille. Ancienne porcelaine de Frankenthal, de *Paul Hanong*, décor polychrome et
or. Marque au lion.

Haut., 24 cent.

57 — **Frankenthal.** Grande figurine : l'Asie, sur terrasse rocaille. Ancienne porcelaine de Frankenthal, de *Paul Hanong*, décor polychrome et or.
Marque au lion.

Haut., 24 cent.

N° 62   N° 54   N° 58

58 — **Frankenthal**. Petite figurine, sur terrasse rocaille ajourée : Enfant assis sur un tronc d'arbre et faisant une boule de neige. Ancienne porcelaine de Frankenthal, décor polychrome. Marque au lion.

Haut., 125 millim.

59 — **Frankenthal**. Figurine de paysan, jouant à la balle. Ancienne porcelaine de Frankenthal, de *Paul Honong*, décor polychrome.

Haut., 145 millim.

60 — **Frankenthal**. Figurine de jardinier taillant un arbuste. Ancienne porcelaine de Frankenthal, décor polychrome et or. Marque au lion.

Haut., 135 millim.

61 — **Frankenthal**. Figurine de paysan adossé à une gerbe de blé, jouant de la clarinette. Ancienne porcelaine de Frankenthal, décor polychrome. Marque au lion.

Haut., 135 millim.

62 — **Frankenthal**. Petite figurine de Pierrot, sur terrasse rocaille. Ancienne porcelaine de Frankenthal, de *Paul Hanony*.

Haut., 125 millim.

63 — **Frankenthal**. Figurine de paysan adossé à une gerbe de blé, chapeau-tricorne noir et culotte bleue. Ancienne porcelaine de Frankenthal. Marque au lion.

Haut., 14 cent.

64 — **Frankenthal**. Figurine de paysan buvant à
une cruche, assis sur une gerbe de blé. Terrasse rocaille camaïeu rose. Ancienne porcelaine
de Frankenthal, décor polychrome. Marque au lion.

Haut., 135 millim.

65 — **Frankenthal**. Groupe de deux enfants musiciens, sur terrasse rocaille. Ancienne porcelaine
de Frankenthal, de *Paul Hanong,* décor polychrome et or.

Haut., 18 cent.

66 — **Frankenthal**. Figurine de paysan tondant un
mouton, terrasse rocaille. Ancienne porcelaine de
Frankenthal, décor polychrome. Marque au lion.

Haut., 125 millim.

67 — **Frankenthal**. Figurine de Turc couché, tenant
un croissant. Ancienne porcelaine de Frankenthal. décor polychrome et or, de *Paul Hanong.*
Marque au lion.

Haut., 105 millim.; long., 15 cent.

68 — **Frankenthal**. Groupe de deux personnages sur
terrasse rocaille : Marquis et bouquetière tenant
une corbeille remplie de fleurs. Ancienne porcelaine de Frankenthal, décor polychrome et or.

Haut., 205 millim.

69 — **Frankenthal**. Deux petites figurines d'amours,
l'un chantant et l'autre broyant des couleurs.
Ancienne porcelaine de Frankenthal, de *Paul
Hanong,* décor polychrome. Marque au lion.

Haut., 115 millim.

70 — **Frankenthal.** Petite figurine de mineur, avec chapeau noir et habit vert. Ancienne porcelaine de Frankenthal, décor polychrome. Marque au lion.

Haut., 11 cent.

71 — **Frankenthal.** Chèvre couchée en ancienne porcelaine de Frankenthal, décorée au naturel.

Haut., 85 millim.

72 — **Frankenthal.** Groupe de deux enfants musiciens, sur terrasse rocailleuse, en ancienne porcelaine de Frankenthal, décor polychrome.

Haut., 19 cent.

73 — **Furstenberg.** Deux raviers, de forme ovale, en ancienne porcelaine de Furstenberg, décor polychrome et or de paysages et bouquets de fleurs.

Long., 24 cent.

74 — **Hœchst.** Figurine de jeune fille donnant à manger à un poulet. Ancienne porcelaine de Hœchst, décor polychrome.

Haut., 15 cent.

75 — **Hœchst.** Petite figurine de jeune garçon portant un vase de fleurs. Ancienne porcelaine de Hœchst, décor polychrome.

Haut., 11 cent.

76 — **Hœchst.** Petite figurine d'enfant, jambes nues, retroussant sa chemise. Ancienne porcelaine de Hœchst, décor polychrome.

Haut., 11 cent.

77 — **Hœchst.** Figurine de jardinier ayant un genou sur un tronc d'arbre et se versant à boire. Ancienne porcelaine de Hœchst, décor polychrome.

Haut., 13 cent.

78 — **Hœchst.** Petite figurine en ancienne porcelaine de Hœchst : Jeune mendiant, décor polychrome.

Haut., 11 cent.

79 — **Hœchst.** Groupe de deux personnages : L'Amour donnant des conseils à une jeune fille. Ancienne porcelaine de Hœchst, décor polychrome.

Haut., 18 cent.

80 — **Hœchst.** Figurine de jeune colporteur tenant une cage. Ancienne porcelaine de Hœchst, décor polychrome.

Haut., 17 cent.

81 — **Hœchst.** Figurine de jeune homme, les pieds nus, adossé à un tronc d'arbre. Ancienne porcelaine de Hœchst, décor polychrome.

Haut., 155 millim.

82 — **Hœchst.** Tasse et sa soucoupe en ancienne porcelaine de Hœchst, décor polychrome d'un cartouche rocaille avec oiseau et fleurs.

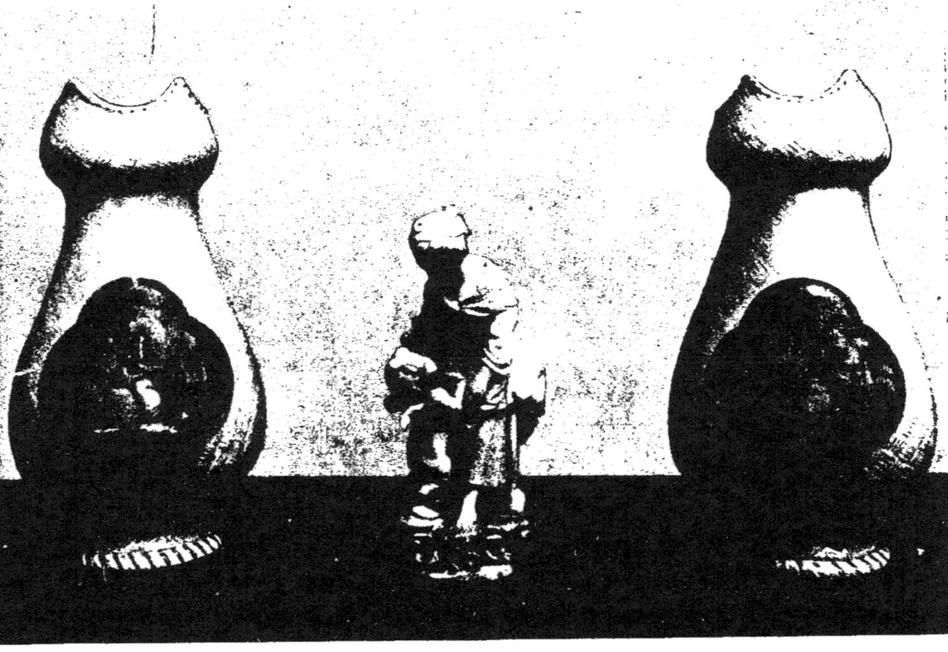

N° 84
N° 79
N° 84

83 — **Saxe**. Petite figurine, représentant un personnage à double face, tenant de la main gauche une clef. Ancienne porcelaine de Saxe, décor polychrome.

Haut , 12 cent.

84 — **Saxe**. Deux vases, forme balustre, avec col découpé à quatre pointes, en ancienne porcelaine de Saxe, le fond à vannerie ; sur la panse, deux médaillons lobés renfermant des personnages dans un paysage en polychrome sur fond or.

Haut., 24 cent.

BIJOUX, MONTRES

ORFÈVRERIE

ET OBJETS DE VITRINE

85 — Deux bagues ornées de pierres. Or, travail antique.

86 — Bague-montre en or ciselé, de l'époque de la Restauration.

87 — Montre or émaillé, de la fin du xviiie siècle. Mouvement de *Bréguet à Paris*.

88 — Montre, en forme de panier, à anse torse, or émaillé ; du commencement du xixe siècle.

89 — Montre, en forme de lyre, en or émaillé bleu et perles. Travail fin xviiie siècle ou commencement du xixe siècle.

90 — Montre, en forme de mandoline, en or émaillé, de la fin du xviiie siècle.

91 — Montre, à double boîtier, en or repoussé et ciselé, de l'époque Louis XV.

92 — Grosse montre en or, avec cadran et sujet mécanique. Fin xviiie siècle.

93 — Petite figurine en argent, du xviie siècle, représentant Hercule. Socle en bois noir tourné.

94 — Monstrance Louis XV en cristal de roche et argent doré.

95 — Cruche en argent doré repoussé, décoré de personnages. Style grec.

96 — Chope à bossages en argent doré. Sur le couvercle, bouton en cornaline ; la charnière est surmontée d'un cabochon en cristal de roche. Travail allemand du xviie siècle.

97 — Gobelet formé d'une botte en argent doré gravé et repoussé. Travail allemand du xviie siècle.

98 — Miniature sur cuivre : Portrait de femme du xvie siècle. Cadre de forme octogonale en fer.

99 — Bonbonnière, de forme ovale, porcelaine de Saxe, décor polychrome de chiens dans des paysages. Monture en argent doré.

100 — Tabatière, en forme de commode, émail de Saxe, décorée en polychrome, sur le couvercle, d'un sujet composé de deux personnages. A l'intérieur du couvercle, personnage camaïeu rose. Monture en cuivre doré.

GRAVURES ET TABLEAUX

101 — Trente gravures coloriées de modes, de l'é-
poque de la Restauration, dans dix cadres. (Seront divisées.)

102 — Huit gravures coloriées de modes, de la Ré-
volution et de l'Empire.

103 — Deux gravures coloriées de modes, de l'é-
poque Louis XVI. Dans un cadre.

104 — Gravure en noir : Vue de Paris, du xvii^e
siècle.

105 — Gravure coloriée : Vue de la rue de la Fer-
ronnerie. Août 1739.

106 — Trois gravures coloriées : Grenadier, tam-
bour-major et Suisse, de l'époque de la Restauration. Dans un cadre.

107 — Gravure en couleur : Portrait de Mirabeau,
dans un médaillon ovale.

108 — Dessin au crayon. Signé : *Alphonse Car-
rière, 1839.*

109 — Gravure en couleur : Les Cris de Paris ; le
Marchand de coco et le Porteur d'eau, d'après
Opiz. Cadre en bois doré.

110 — Trois gravures en couleur : deux de Bona-
parte, Premier Consul, et le Général Moreau.
Gravées par Chataignier.

111 — Quatre gravures en couleur : Les Quatre
Saisons, dessinées par MARTINET et gravées par
JAZET.

112 — Peinture chinoise sur soie, dans un cadre en
bois mouluré doré.

113 — Deux grisailles peintes sur verre : Saint
Pierre et Saint Paul. Cadres bois non mouluré.

114 — Aquarelle : Pastorale. Cadre mouluré en
bois doré.

115 — Aquarelle, représentant une bataille. Cadre
en bois mouluré.

116 — Pastel : Portrait de jeune garçon, dans un
cadre en bois doré.

117 — Portrait d'une dame en costume du
XVIe siècle. Peinture sur bois. Cadre doré, de
style Louis XIII.

118 — Portrait de femme, de l'époque de la Restauration. Peinture sur toile. Cadre en bois doré.

119 — Portrait d'une dame Louis XVI avec perru-
que poudrée et corsage rose, tenant de la main
droite un médaillon. Cadre en bois doré.

120 — Grand panneau décoratif : Grand vase rempli
de fleurs. Peinture sur toile. Cadre en bois
mouluré.

OBJETS DIVERS

VITRINE

121 — Médaillon ovale peint sur cuivre : Portrait de femme hollandaise. Cadre en bois doré.

122 — Plat rond en ancien cuivre gravé, avec inscriptions gothiques et rosace repoussée.

Diam., 39 cent.

123 — Quatre casques de différents modèles en ancien fer gravé et repoussé.

124 — Ceinture romaine en cuivre repoussé.

125 — Statuette de divinité chinoise en bronze, sur socle carré en velours grenat.

126 — Groupe en bois sculpté, composé de cinq personnages : Scène de la vie de Jésus. Ancien travail flamand.

Haut., 48 cent.

127 — Grande statuette de saint Jacques en ancien bois sculpté.

Haut., 67 cent.

128 — Trois cadres, dont deux rectangulaires et un ovale, en bois sculpté.

129 — Trois pièces : début de rampe d'escalier et deux côtés de banc, en bois sculpté, de l'époque Louis XV.

130 — Buste en marbre blanc : Personnage grandeur nature, de l'époque Louis XIV.

131 — Chape en soie brochée, décorée de bouquets de fleurs. xviie siècle.

132 — Petit médaillon, en forme de cabinet, en bois noir mouluré et sculpté.

133 — Vitrine, s'ouvrant à deux vantaux, en bois de rose et palissandre, avec dessus marbre. Style Louis XVI.

Haut., 1 m. 55 cent.; larg., 1 mètre.

134 — Sous ce numéro, objets omis au catalogue.